LETTRE
DV VRAY
SOLDAT
FRANÇOIS
AV CAVALIER GEORGES:

EN SVITTE DE LA LETTRE,

A Mr LE CARDINAL,
BVRLESQVE.

A PARIS,

Chez DENYS LANGLOIS, au mont S. Hilaire,
à l'Enseigne du Pelican.

M. DC. XLIX.

AVEC PERMISSION.

LETTRE

DV VRAY

SOLDAT

FRANÇOIS

DV CAVALIER GEORGES

A M. LE CARDINAL

MAZARIN

LETTRE

DV

SOLDAT

FRANCOIS,

AV CAVALIER GEORGES:

EN SVITTE DE LA LETTRE,

A Mr LE CARDINAL,

BVRLESQVE.

Oit qu'il s'en aille, ou qu'on le chaſſe,
Enfin il va quitter la place,
Et nous n'auons plus peur icy,
De ce Miniſtre Cramoiſy.
Amy George, vaille que vaille,
Il faut que cét homme s'en aille.

Encor qu'on dit qu'il ait esté
A Rüel, comme Deputé,
Ce n'est pas vne consequence
Qu'il soit en plus grande asseurance:
Au contraire, ce coup hardy
Le doit enuoyer au Landy.
Nous pouuons respirer à l'aise,
Et, quoy que cela luy déplaise,
Il nous est permis de railler,
Et mesme en pieces le railler :
I'entens auec la plume & l'ancre,
Non pas comme le Marquis d'Ancre,
Qui, pour ne s'estre retiré,
Fut par le Peuple déchiré.
Mon humeur n'est pas si cruelle;
Qu'il soit fâcheux, qu'il soit Rebelle,
Qu'il ait volé tout, & tout pris,
Argent, Charge (& non pas Paris)
De cela point ne me tourmente,
Ie n'ay pas l'ame assez sanglante
Pour le vouloir pousser à bout,
Ie ris, ie raille, & puis c'est tout:
Et, si i'auois quelqu'autre enuie,
I'attens tout de la Prophetie.
Selon que les choses iront,
Que les Rouges Rouges feront,
Selon la franchise ou le piége,
Que de S. Germain iusqu'au Liege,

Le

Le simple Rouge troquera,
Nous sçaurons où l'on en sera.
Nostradamus, ce galand homme,
Quoy qu'il en soit, veut qu'on l'af-
    somme,
Ou n'auoir dit que par hazard
Ce qu'il a dit de Iacques Stuart.
Quant à moy ie consens qu'il viue,
Pourueu qu'en trois iours il es-
    quiue,
Et laisse viure les François,
Selon leurs façons & leurs lois.
    S'il croit estre si necessaire,
Qu'on ne puisse vuider d'affaire,
Sans suiure son bon iugement,
Il se trompe, & bien lourdement.
Il n'estoit pas le seul au monde
Dont l'experience profonde
Pouuoit conduire cét Estat;
Nous en auons, dans le Senat,
Qui sont d'vne autre experience,
Et de plus, gens de conscience,
Gens sages, non interessez,
Et qui, dans les six ans passez,
Malgré les efforts de l'Espagne
Auroient rétably la Campagne;
Tout seroit calme, & les Amours
Feroient ka ka dans les Tambours.

Ou (puiſqu'auiourd'huy l'on s'auiſe
D'auoir des Miniſtres d'Egliſe,
Des Abbez & des Cardinaux,
Qui couurent tout de leurs Chapeaux)
Sans aller chercher en Sicile,
Nous en auons en cette Ville:
Le grand Gondy, cét autre Paul,
Eſt bien pour le moins de ce vol;
Ie croy que ce ſecond Apoſtre,
Sans flatter, en vaut bien vn autre,
Et noſtre ieune Potentat
Seroit plus fort dans ſon Eſtat,
S'il ſe ſeruoit de ce grand homme.
(Qüitte pour enuoyer à Rome,
S'il faloit vn chapeau pourprin
Pour ſucceder au Mazarin)
Il en tireroit auantage;
Comme il n'eſt pas encor en âge,
Il n'auroit point de deshonneur
Pour ſouffrir vn COADIVTEVR,
Mais vn Coadiuteur habile,
Qui tout ſeul en vaut plus de mile,
Qui ne l'auroit point enleüé,
Mais qui l'auroit bien conſerué,
Qui l'auroit gardé d'embuſcades,
Et nous autres, de Baricades :
Car ſi, d'abort, on l'auoit crû,
Le mal ne ſeroit point accrû.

Que si dans quelqu'autre Prouince,
On veut chercher à nostre Prince
Vn Ministre pour le besoin,
Il ne faut point aller si loin :
Gaillon nous garde vn Politique,
Qui sçait l'vsage & la pratique
De tout ce qui se fit iamais,
Ou dans la Guerre, ou dans la Paix
Il sçait les mœurs & les affaires,
Et les Coûtumes étrangeres;
Il sçait ce qu'il faut faire icy,
Et ce qu'on fait ailleurs aussi :
Il n'ignore rien dans l'Histoire,
Tout est present à sa memoire;
Il sçait Aristote & Platon,
Il sçait par cœur son Xenophon,
Bodin, Philippes de Comines,
Mieux que Vespres & que Matines:
Et, comme il a grand souuenir,
Il peut iuger de l'auenir,
Et preuoir par cette science
Ce qui peut affermir la France,
Et ce qui la peut émouuoir;
C'est de ces gens qu'il faut auoir.
Aussi bien, feu George d'Amboise,
De là haut, nous cherchera noise,
Si Harlay, son meilleur amy,
N'est son successeur qu'à demy.

Il faut que la Reyne Regente
Luy face retourner la Mante,
Et luy donne le même éclat
Qu'vt ce grand Miniftre d'Eftat.
Lors nos Armes feroient heureufes,
Elles feroient victorieufes,
Et l'on connêtroit par ce chois,
L'efprit du Miniftre François.
 Enfin nous ne manquons point
  d'hommes,
Et, parmy tous tant que nous fom-
  mes,
Le moindre de nos Citadins
Vaut plus de quatre Mazarins.
Ce choix fut vne Raillerie;
Ie ne fçay quelle enchanterie,
Ou quel fort, pour le dire mieux,
A trompé fi long-temps nos yeux.
Hé quoy! fouffrir fept ans en France,
Vn fat qu'on traitte d'Eminence,
Qui fe donne tout le pouuoir,
A qui chacun rend le deuoir,
Qui hardiment fouffre à fa veuë,
Des Cordons bleus la tefte nuë,
Et dont les moindres Eftafiers
En trois mois fe font Financiers;
Qui pille toutes nos Prouinces,
Qui fe fait obeïr des Princes,

Et deuant qui nos Souuerains
N'ont que des tiltres bas & vains?
N'est-ce pas vous prendre pour Bestes
Peuples timides que vous estes?
Hé! comment l'auez-vous souffert
Sans le perdre, puis qu'il vous pert.
Si, par la puissance diuine,
Nous n'eussions couppé la racine
Au mal qui nous alloit gaigner,
Cét insolent alloit regner,
Et nostre sage & bonne Reyne,
Auroit enfin vû la gangrenne
Pourrir & ronger tout à plat,
Les Restes du Corps de l'Estat.
Desia tout estoit en desordre,
Par tout il trouuoit de quoy mordre,
Et S. Cloud, Meudon, & Lagny
Ne font pas mieux que Lezigny,
C'estoit peu que par sa puissance,
Il eût rauy nostre finance,
Falloit, pour le gorger de biens,
Donner encor curée aux siens,
Et les enfler par les Ruïnes,
Et des Guizards & des Luïnes,
Afin qu'à ce mal sans pareil
On ne peût mettre d'appareil.
Mais il n'est point de maladie
Où le bon Dieu ne remedie;

C

Au defaut du fecours humain
Il nous preſte toûjours la main,
Aimant mieux qu'vn feul homme
  tombe,
Que tout vn Royaume ſuccom-
  be,
N'eſtant porté que des deſſeins
D'vn Atlas qui n'a plus de Reins.
Auſſi le Ciel nous en déliure,
Et permet le paſſage au Viure:
Deſormais tous nos Habitans
Verront reuenir le bon temps;
Ils vont reparer les domages,
On a débouché les paſſages,
Et nous auons (pour la ſaiſon)
Farines ou blés à foiſon.
Malgré leur iniuſte Cabale,
Nous voyons de tout à la Hale,
Auec Brochets ou Brochetons,
Qui viennent de diuers Cantons,
Ou de la peſche de nos Riues,
Nous auons encor force Viues,
Rayes & Solles & Carlets,
Et du Merlan pour nos Valets.
Encores dans trois iours i'eſpere
Que nous ferons meilleure chere,
Car, dans ce temps là, Dieu mercy,
Nous aurons des Huitres auſſi,

Huitres, ce Ragoust deleſtable
Qu'on a point ſeruy ſur la table,
Depuis que Iules Mazarin
Les gobe toutes en chemin.
Mais nous en auons la vengeance,
Puis qu'il va quitter la Regence,
Et que la Reyne (à ce qu'on dit)
Luy donne congé par écrit.
Que Dieu maintienne cette Reyne,
Qui va deuenir Souueraine,
Et qui ne veut plus partager
Son pouuoir auec l'Etranger;
Ayant maintenant conneſſance,
Que qui partage ſa puiſſance,
En eſt reduit à la moitié,
Et puis aprés c'eſt grand pitié:
Le Roy n'eſt plus qu'vn corps ſans
        ame,
La Reyne eſt comme vne autre
        Dame,
Auſſi-toſt que l'Authorité,
Qui fait toute la Royauté,
Sous le titre de Miniſtere,
Paſſe en vne main eſtrangere,
Et ſur tout quand vn Fauory,
Orgueilleux de ſe voir chery,
Sans demander l'ordre du Prince,
Fait l'vn Gouuerneur de Prouince,

L'autre Secretaire d'Eſtat,
L'vn Officier, l'autre Prelat,
Bref agit ſelon ſon caprice,
Bien ſouuent contre la Iuſtice,
Et rauit à ſon Souuerain
Le Sceptre qu'il a dans la main.
Apprenez que la ſeule marque,
Qui peut rendre vn Prince Mo-
    narque,
Eſt le pouuoir de faire Bien,
Sans cela, le Prince n'eſt rien.
Car ſi la marque ſouueraine
N'eſtoit qu'à faire de la Peine,
Qu'à cauſer ou mort ou tourment,
Tous ſeroient Roys également:
Car en tous Eſtats, en tout Aage,
Le moindre homme peut faire ou-
    trage,
Et peut ainſi (par cette Loy)
Diſputer la grandeur au Roy.
Donc le pouuoir de la Couronne
Ne git pas à bleſſer perſonne,
Mais bien à faire des faueurs,
Ce qui n'eſt dû qu'aux grands Sei-
    gneurs;
Et nous voyons auec merueilles,
Ce bel ordre au Roy des Abeil-
    les,

Aq

A qui Nature, ce-dit-on,
Ne donne iamais d'aiguillon :
Pour cela, dans les Monarchies,
Sur vn beau principe établies,
Les Iuges, ou les Parlements,
Difpofent feuls des châtiments:
Le Roy leur laiffe la Iuftice,
Et prend le foin du Benefice;
Il leur permet de condamner,
Et ne s'occupe qu'à donner ,
Ne voulant monftrer fa puiffance,
Qu'en ordonnant la Recompence,
Et qu'en faifant, fans interêt,
Honneurs ou Biens à qui luy plaît.

Et cependant tous nos Miniftres,
Par des fubtilitez finiftres,
Vfurpent ce qui fait les Roys,
Eleuant bien fouuent, fans chois,
L'Eftranger & le Parazite,
Au point qui n'eft dû qu'au merite,
Et qu'aux naturels du païs.

C'eft ce qui fait qu'ils font haïs,
Que les plus heureux ne vont guere
Iufqu'au bout de leur Miniftere,
Et que fans eftre regrettez,
Souuent dans des lits empruntez,
Ils perdent ce refte de vie
Qu'ils ont fauué de la furie,

D

Ou bien peut-eſtre du gibet.

   O ! Arreſt de ſix cent dix-ſept !
Pourquoy ne t'a-t'on pas fait met-
   tre
Dedans Paris en groſſe lettre !
Pourquoy ne t'a-t'on pas graué
En tous lieux, public & priué !
Le pauure & miſerable Iule,
Qui ſeroit reduit à la mule,
Ne ſeroit pas ſi haut monté,
Mais il ſeroit en ſeureté.
Il auroit leu cette ſentence
Qui l'exclut des Charges de Fran-
   ce,
Et, n'eſtant point de peur tranſi,
Il ſeroit mieux, & nous auſſi.

   Si quelqu'vn marche ſur ſa trace,
Et vient pour occuper ſa place,
Soit Etranger, ou bien François,
Qu'il y penſe plus d'vne fois :
Car ie connois la populace,
C'eſt vne dangereuſe race,
Elle ne veut plus voir Paris
A la mercy des Fauoris :
Et, tant s'en faut qu'elle y con-
   ſente,
Tel qui n'a que cent francs de
   rente,

En donnera iufques au quart,
Pour n'eftre plus à tel hazard.
Mefmement, chez noftre voifine,
Vne feruante de cuifine
Offre déja fon demy-fein;
Elle fçait le nom de Varin,
Et fe prepare auec joye,
De le porter à la Monnoye,
N'en deût-on faire que dix francs;
Proteftant, les mains fur fes flancs,
Qu'elle mettra iufqu'à la maille,
Pour éloigner cette canaille,
Et pour ne plus reuoir iamais
Tous ces Ennemis de la Paix.
Bref, dans Paris il n'eft perfonne
Qui ne contribuë, & ne donne,
L'vn de l'argent, l'autre des coups,
Pour les écarter loin de nous.
　Auffi, n'eft-ce pas mocquerie!
Nous endurons la tyrannie:
Vn inconnu nous fait la loy,
Ie fçaurois volontiers pourquoy?
N'eft-ce pas affez d'vn Monar-
　que?
Et, s'il faut quelqu'homme de mar-
　que
Pour ayder noftre ieune Atlas,
Soit de la tefte, foit du bras,

Tous nos Princes font bons & fa-
ges;
Par leurs Confeils & leurs Coura-
ges
Ils peuuent foûtenir l'Eftat
Bien mieux que ne fit cét ingrat,
Qui va bien-toft leuer le fiége,
Sous pretexte d'aller en Liége,
Ou traiter dans le Pays-Bas;
Encore ne le fçait-on pas.
Ses intrigues font fans pareilles;
Mais il fera plus que merueilles
S'il entre iamais dans Paris,
Encores qu'il l'ait entrepris,
Et que, mefme à la Conference,
Il ait, contre toute apparence,
Signé le troifiéme au Traité,
Quoy qu'autrement fuft arrefté.
A cela ie n'ay rien à dire,
Si ce n'eft qu'il faut craindre pire,
Et que, fi l'on biffoit l'Arreft,
(Ce qui ne fera, fi Dieu plaift)
Paris feroit fans garentie,
Nonobftant la Sainte Amniftie:
A moins que de fon mouuement,
Par confeil, ou bien autrement,
Ce Forfante enfin ne s'en aille,
Il faut craindre la Reprezaille.

Beau

Beaucoup feroient fanglez tout net,
Sans que ny Robbe, ny Bonet,
Ny le Bureau, ny l'Ecarlatte,
Se puffent fauuer de fa patte;
Et lors nos Bados de Paris,
Sans eftre affiegez, feroient pris.
      Mais ce n'eft qu'vne Réuerie,
Ie dis cecy par Raillerie,
Et quoy qu'on puiffe craindre tout,
Son plus grand effort eft au bout.
Il faut qu'il s'en aille, & i'efpere,
Que par conduite, ou par colere,
L'aifné d'Armand dans peu de temps
Luy donnera la clef des champs.
I'entens pouruen qu'il nous échappe,
Car vne fois fi l'on l'attrappe,
Si dans les Champs il eft trouué,
Il peut bien dire fon *Salue*,
Et fon *In manus* tout en fuitte,
Autrement il n'en eft pas quitte,
Comme chante le Triolet,
Si vous fçauez bien le Couplet,
Fait fur l'Homme à la groffe panfe,
Qui n'a plus la Sur-Intendance.
(Par parentheze) il eft fort bien,
Le Drolle n'a foucy de rien.
Pendant qu'icy chacun fe congne,
Il fait bonne chere en Bourgogne;

E

Encor ne fait-il pas tant mal,
Et fit mieux que le Cardinal;
On croit pourtant que l'vn vaut l'autre :
Adieu, ie suis

SERVITEVR VOSTRE.

LONGIN TOVPIN.

FIN.

A Paris, ce quinziéme Mars,
Au matin dix heures trois quarts ;
L'an que Condé, quoy qu'en colere,
Ne batit point son petit Frere.

IAMBICVM

IAMBICVM.

FVgiat ne ab Vrbe, dubius, an maneat miser,
 Laqueis, volutâ mente, diuersis, stupet.
Effugere tentat; sed viam Excubiæ negant:
Manere; Patrum, at, Ille, Diphtheram timet.
   Ecquid moraris, anxius? tempus teris!
Finire laqueos, vnus, hos, laqueus, potest.